Georges Lecocq

Louise Abbema

Peintres et sculpteurs

Antigonos

Georges Lecocq

Louise Abbema

Peintres et sculpteurs

Réimpression inchangée de l'édition originale de 1879.

1ère édition 2024 | ISBN: 978-3-38818-836-2

Antigonos Verlag est une marque de Outlook Verlagsgesellschaft mbH.

Verlag (Éditeur): Outlook Verlag GmbH, Zeilweg 44, 60439 Frankfurt, Deutschland, info@outlook-verlag.de
Vertretungsberechtigt (Représentant autorisé): E. Roepke, Zeilweg 44, 60439 Frankfurt, Deutschland
Druck (Imprimerie): Libri Plureos GmbH, Friedensallee 273, 22763 Hamburg, Deutschland

EX LIBRIS
Comte de Saint-Périer
AGRY GR.

PEINTRES ET SCULPTEURS

Notices par Georges Lecocq

Avec Dessins originaux des Artistes

—

PREMIÈRE LIVRAISON

LOUISE ABBEMA

Prix : 2 francs

PARIS

LIBRAIRIE DES BIBLIOPHILES

Rue Saint-Honoré, 338

M DCCC LXXIX

SARAH BERNHARDT
par Louise Abbema

Médaillon Salon de 1878   Hel. P. Dujardin

PRÉFACE

CHAQUE *année le Salon nous révèle des talents jusqu'alors inconnus, ou consacre des renommées qui s'affirment avec éclat. En tête des peintres illustres et justement admirés figurent les maîtres dont les toiles nouvelles ajoutent à leur œuvre de glorieuses pages. Au-dessous d'eux, et presque à côté de ces vieux combattants, brille tout un jeune et nombreux état-major d'artistes ardents au travail, pleins de force et de courage, animés d'une noble ambition et rêvant de conquérir les palmes réservées aux vainqueurs de ces luttes pacifiques.*

Plus d'un, franchissant les obstacles qui s'opposaient à sa course, s'est approché du but poursuivi. Sans doute, il a laissé aux broussailles et aux ronces du chemin quelques illusions; mais quelles satisfactions procure le succès, et comme on oublie vite les heures pénibles à jamais écoulées! que de joies sont contenues dans l'amertume du désespoir! avec quel plaisir et quel légitime orgueil on se rappelle, étant arrivé aux sommets, les dures fatigues et les longues lassitudes de la route!

Tous cependant ne sont pas entrés dans la carrière depuis longtemps, et beaucoup, quoique ayant marché à grands pas, ne doivent cesser de regarder en avant et de voir non ce qu'ils ont fait, mais ce qu'il leur reste à accomplir. Déjà leurs noms sont connus, et ils n'en sont encore qu'à leurs premiers essais! Ils n'ont fourni que quelques œuvres, mais remarquables et qui ont forcé l'attention. Avec des défauts qu'ils ne songent pas à nier, ils ont des qualités que nous nous plaisons à reconnaître, et c'est bien quelque chose que d'avoir composé un de ces tableaux, modelé une de ces statues devant lesquels chacun s'arrête, et qui ne peuvent s'entendre adresser le sanglant et cruel reproche de banalité.

Laissons donc aux esprits chagrins le soin de pousser chaque année ce cri périodique : « L'art se meurt! l'art est mort! » parce que le Salon d'une seule année ne renferme pas les merveilles du Louvre, chefs-d'œuvre de plusieurs siècles. Loin de nous désoler, cherchons avec confiance si l'exposition des beaux-arts, fidèle à son but, renferme d'intéressants envois et nous donne la seule chose que nous soyons en droit de lui demander : un ensemble satisfaisant, de l'espoir pour l'avenir, et, dans le présent, les témoignages d'un esprit qui ne doit rien à personne. Ce que nous exigeons, nous le trouvons sans peine dans ces toiles tour à tour émouvantes ou agréables, passionnées ou charmantes, ces groupes harmonieux, ces statues et ces bustes qui frappent le visiteur et s'imposent à son souvenir. Ils viennent nombreux sous la plume, les noms des artistes jeunes et déjà récompensés de leurs efforts par une notoriété laborieusement acquise.

Ce sont surtout ces peintres et ces sculpteurs que nous aimons à suivre dans le développement de leur talent, et auxquels nous consacrerons des monographies spéciales. Ils les méritent et en sont dignes à tous égards pour les travaux qu'ils ont terminés, pour les heureuses promesses dont ils sont si riches.

Les notices que nous publierons formeront un beau volume illustré de dessins originaux des artistes.

Nous ne pouvons — on le comprend de reste — promettre de faire paraître nos études à date fixe ; mais, sans garantir l'exactitude de la périodicité, nous nous efforcerons de ne jamais laisser entre elles un trop long espace de temps.

En écrivant ces quelques pages, nous ne pouvons cependant nous défendre d'un regret : nous voudrions les voir sortir d'une plume habile, signées d'un nom qui fasse autorité. Il est téméraire à nous de tenter cette étude; notre excuse sera dans la sympathie que nous inspirent ceux qui, abandonnant les chemins sans cesse rebattus, ont, dès leurs premiers pas, rompu en visière avec la routine. S'ils ne font pas toujours aussi bien ou mieux que leurs anciens, du moins ils font autrement, et partout laissent empreinte la trace de leur originalité, don rare et précieux sans lequel il n'est point de véritable artiste.

LOUISE ABBEMA

> « Si les femmes se mettent à peindre avec tant
> de crânerie, mon Dieu! comment faudra-t-il
> que peignent les hommes ? »
>
> (O. Merson, *le Monde illustré*.)

BBEMA (Mlle Louise) a sa place
marquée, et qui en quelque sorte
s'impose à l'avance et d'elle-
même, en tête de cette étude,
non pas que l'ordre alphabétique,
suivi rigoureusement, lui réserve
seul le premier rang : elle y a, Dieu merci,
d'autres titres plus sérieux et désormais incon-
testables, sinon incontestés.

A la fin du siècle dernier et au commencement
de celui-ci, le Théâtre-Français comptait parmi
ses meilleures actrices une comédienne éminente

dont le nom est resté célèbre : c'était Louise Contat, qui avait su, par son talent, sa grâce et son esprit, conquérir une grande autorité sur le public et les suffrages des délicats. Son salon réunissait tous ceux qui, dans Paris, éprouvaient quelque charme pour les choses de l'intelligence. Au nombre des plus assidus chez Mlle Contat figurait le comte Louis de Narbonne : leur arrière-petite-fille est Mlle Louise Abbema, le peintre aux instincts aristocratiques, aux relations bien connues avec la Comédie française. Si nous rappelons ainsi l'origine de Mlle Abbema, et si nous remontons dans sa généalogie, c'est que nous trouvons dans ce fait la double explication de ses goûts, de ses préférences et de ses amitiés.

Nous n'insisterons pas, car rien ne nous répugne tant que de chercher dans la vie privée de l'artiste de quoi satisfaire la curiosité publique; nous pouvons cependant, sans faire exception à la règle rigoureuse que nous nous imposons à cet égard, pénétrer dans le charmant atelier de la rue Laffitte, et apprendre au lecteur ce que la maîtresse du logis veut bien lui en laisser connaître.

Traversons quelques salles décorées de peintures curieuses; jetons un coup d'œil, trop rapide à notre gré, sur les tableaux de Lepic; regardons en passant une *Marine* de Mlle Sarah Bernhardt;

arrêtons-nous un instant devant le portrait de
Mme Abbema, une des premières toiles de sa fille,
qui l'a peinte avec tout son talent et tout son
cœur. Nous voici arrivé dans une pièce riche et
simple à la fois, où les murs disparaissent sous
mille objets divers : ici, des bibelots, des faïences;
là, *le Lion de Saint-Marc*, sculpture enlevée à une
gondole et rapportée de Venise l'hiver dernier; de
ce côté un lierre, — jadis vigoureux, — nous rappelle *le Déjeuner dans la serre*, sur lequel nous
reviendrons plus loin. Voici un portrait de
Mlle Croizette avec son autographe, une aqua-
relle éclatante de lumière, souvenir du Tréport;
des gravures, des dessins; enfin, disséminées de
toutes parts, accrochées ou par terre, nous regardant ou retournées contre le mur, des esquisses,
des ébauches nombreuses qui suffiraient à nous
apprendre, si nous ne le savions déjà, que nous
sommes dans l'atelier du peintre.

Laissons-la travailler et parcourons les albums
répandus sur la table. Il en est un surtout fort
agréable et assez amusant à feuilleter : c'est une
série très complète des photographies de Mlle Sarah
Bernhardt, dans les poses et les costumes les plus
variés, parfois les plus inattendus. Presque toutes
portent des dédicaces d'une rare modestie, celle-ci,
par exemple : « A Louise Abbema, la plus grande

artiste, Sarah Bernhardt, l'autre plus grande artiste. » Nous voilà en pleine *Société du Doigt dans l'œil,* cette fantaisie joyeuse que nous a révélée M. Paul Mahalin dans *les Jolies Actrices de Paris.*

Ce qu'il y a d'exagéré dans la manifestation un peu bruyante de cette amitié peut faire sourire; mais, à coup sûr, nous devons nous réjouir sincèrement de l'affection qui unit les deux jeunes femmes, car nous lui sommes redevables d'œuvres remarquables qui, sans elle, n'auraient pas vu le jour.

*
* *

Mlle Abbema est née à Étampes. Elle habita pendant six ans l'Italie, et ne revint en France qu'en 1867. Quelques mois plus tard, elle se mettait sérieusement au dessin, et travaillait sous la direction d'un ami de la famille, M. Devedeux, à qui revient l'honneur de lui avoir appris les premiers éléments d'un art dans lequel elle excelle. Ce n'est qu'assez longtemps après, au commencement de 1870, qu'elle aborda la peinture, ayant fait un long et utile stage, qui lui donna cette qualité précieuse que ne peuvent lui contester ceux-là mêmes qui la discutent le plus : le dessin. Mais

elle avait à peine essayé sa palette que la guerre
éclata, avec ses angoisses et ses douloureuses
préoccupations... C'était bien de peinture qu'alors

PORTRAIT DE LOUISE ABBEMA PAR ELLE-MÊME
D'après son buste par Sarah Bernhardt.

il s'agissait! Le professeur parti, son élève ne
perdit pas courage, et seule, sans maître dont elle
pût recevoir les leçons ou suivre les conseils, elle

se livra à une opiniâtre étude, *labor improbus...*
Ceci nous mène jusqu'en 1873.

Mlle Abbema se décida alors à entrer dans un
atelier. Devinez lequel elle choisit... Mieux vaut le
dire tout de suite, car, vous auriez beau chercher,
vous ne trouveriez pas... Elle va frapper à la porte
de M. Chaplin, qui l'accueille avec sa bonne grâce
habituelle, et qui bientôt lui voue une amitié re-
connaissante pour n'avoir pas, comme tant d'autres, perdu son temps à faire, sur porcelaine,
d'éternelles *chaplinades!* Cependant elle ne reste
chez lui que peu de mois, et reprend en hâte sa
chère indépendance. La voilà désormais qui fré-
quente assidûment le Louvre et copie avec ardeur.
Un jour, elle reproduisait un tableau de Velasquez,
quand un curieux s'arrête derrière elle, puis s'ap-
proche, et, avec un compliment, lui donne un
avis. Avec quelle satisfaction cet avis est reçu,
avec quel soin il est suivi, c'est ce qu'il est facile
de comprendre, sachant qu'on avait reconnu
dans celui qui se permettait une si flatteuse cri-
tique Carolus Duran. Réjouie et touchée de cette
bienveillance, la jeune artiste travailla sous la direction du maître qui lui offrait le concours de
son expérience et de ses conseils. Aucune toile
sérieuse ne fut dès lors livrée aux amateurs sans
son approbation.

Enfin 1874 arrive, et Carolus Duran dit qu'il est temps d'exposer. Voilà le moment venu de figurer sur le livret du Salon.

Le Salon! mot magique et terrible! Que de joies et d'espérances, que d'illusions et de désenchantements il contient et renferme!

L'épreuve redoutée a une issue favorable : l'envoi est admis. Il n'y a pas lieu de s'en étonner; il semble même qu'à ce début l'amour filial ait corrigé ou du moins atténué des défauts qui éclateront tout à l'heure. Le portrait de Mme Abbema, dont nous avons déjà dit un mot, était parfaitement ressemblant : il permit donc aux amateurs de concevoir d'heureuses espérances, qui se sont en partie réalisées.

Un an s'écoule, et le livret de 1875, que nous consultons, parle d'un tableau de genre dont, il faut bien l'avouer, nous n'avons conservé aucun souvenir. Voici, avec 1876, une toile qui, en son temps, ne passa pas sans exciter du tapage, mais du tapage de bon aloi : c'est le portrait de Mlle Sarah Bernhardt, représentée de profil, en vêtement sombre, se détachant vigoureusement sur un fond vert (le vert Abbema!), et qui attirait l'attention du public en même temps que l'éblouissant portrait dans lequel M. Clairin reproduisait, lui aussi, l'éminente sociétaire de la Comédie française.

Sans doute, les deux peintres sont tombés dans la même erreur en exagérant la fluidité apparente du modèle; mais celui-ci l'a probablement voulu de la sorte, ce qui a fait dire à M. Ch. Yriarte[1] :

> Quand on force avec autant de persistance son rôle d'impalpable, quand on se drape à dessein dans des plis étroits au lieu de dissimuler les défaillances, c'est qu'on est bien sûr de soi à l'heure où la vérité rayonne.

Quoi qu'il en soit de cette maigreur affectée dont on s'est si souvent occupé, et plus que de raison, le portrait dû au pinceau de Mlle Abbema méritait à la fois des éloges et des réserves. C'est ce que le chroniqueur de la *Gazette des Beaux-Arts* exprimait en ces termes :

> Tout d'abord, j'ai été rebuté par ce portrait : une tache sommaire dans l'arcade sourcilière et un manque de modelé dans le visage m'avaient fait juger l'œuvre trop rapidement. Peu à peu, je suis revenu, j'ai étudié, j'ai apprécié, et, tout bien pesé, je ne suis pas loin de trouver que c'est un bon portrait. Il y a là du caractère et une certaine sincérité de vue qui finissent par convaincre. La robe est énergiquement peinte aussi.

Ce jugement fut celui du plus grand nombre des visiteurs; d'autres cependant ont été moins sévères. Le *Times,* notamment, dans son numéro du 1er mai 1876, s'exprimait ainsi :

> Mlle Abbema expose un autre portrait de Sarah Bernhardt;

---

1. GAZETTE DES BEAUX-ARTS : *le Salon de* 1876.

mais elle n'a pas vu son modèle de la même façon que M. Clairin :
ce n'est pas l'actrice qu'elle a peinte, mais la femme artiste dans
toute sa distinction. Le tableau tout entier a une grâce, une
délicatesse qu'un peintre seul n'aurait jamais atteinte : c'est, en
réalité, l'œuvre de deux femmes, dont l'une a inspiré l'autre.

Avant de quitter le Salon de 1876, racontons
brièvement une anecdote qui donne raison au
Times, et prouve bien que, si M. Clairin nous a
montré une séduisante mistriss Clarkson, c'est la
femme qui a fourni seule le sujet du tableau dont
nous nous occupons en ce moment. Remontons
de cinq ans en arrière, et reportons-nous à l'année
1871, en ce même palais de l'Industrie où la fu-
ture exposante ne vient encore qu'en curieuse.
Elle s'y croise un jour avec Mlle Sarah Bernhardt,
et aussitôt une idée se fixe en son esprit si tenace :
faire le portrait de la célèbre comédienne. Elle
dessine, séance tenante, un rapide croquis, puis,
rentrée chez elle, se remet à la peinture avec une
nouvelle ardeur, un réel acharnement. Cela dure
trois ans. Alors, se sentant suffisamment pré-
parée pour cette œuvre à laquelle elle attache
tant de prix, Mlle Abbema obtient d'être présentée
à Mlle Sarah Bernhardt, et fait son portrait absolument dans l'attitude du croquis de 1871. Dès cette
époque, — ceci se termine presque comme un
conte de fées, — une profonde amitié s'établit
entre les deux artistes, et l'affection la plus sincère

vient se joindre chez elles à l'admiration la plus vive, sans la détruire. Au contraire !

*
* *

Le Salon de 1877 nous montre *le Déjeuner dans la serre*, toile considérable où figurent de nombreux personnages au milieu d'une végétation luxuriante. Quelques-uns louèrent et applaudirent ; d'autres ne purent s'empêcher de faire entendre des plaintes, ou allèrent même jusqu'à des critiques assez mordantes. C'est ainsi que M. Duranty, dans les *Réflexions d'un Bourgeois,* s'écrie :

Tandis que Mlle Abbema pourrait venir à nous d'un talent ferme et observateur, modulant des colorations fraîches et animées, que veut-elle, au contraire, avec son intérieur incompréhensible, ses feuillages en zinc vert, ses figures plates, inanimées, espèce de décor où les valeurs sont toutes pareilles, où le fond avance au premier plan, d'où les formes sont soigneusement bannies au profit d'une clarté générale sèche et aigre, d'une agaçante opposition de tons durs et blafards à l'envi ?

Presque aussi sévère, mais plus juste cependant, la *Revue des Deux-Mondes* n'échappait pas tout à fait à l'agacement éprouvé par le rédacteur de la *Gazette des Beaux-Arts*. Ce qui est certain, c'est que ce tableau était peint très hardiment, et qu'à côté des défauts signalés par les graves journaux que nous venons de citer il y avait aussi des qualités non moins visibles : tel est, du moins, l'avis de tous ceux qui parcourent le Musée de Pau, où *le Déjeuner dans la serre* tient une place très honorable.

C'était aussi l'opinion de M. Paul Mantz, qui disait dans *le Temps* (n° du 27 mai 1877) :

La recherche d'un effet exceptionnel, sinon inédit, donne aussi de l'intérêt au tableau, d'ailleurs discutable, de Mlle Abbema, *le Déjeuner dans la serre*. Nulle émotion poignante dans cette scène intime. D'honnêtes gens, désertant la salle à manger de tous les jours, ont fait dresser leur table au milieu des feuillages d'une serre qui est presque un salon. Le déjeuner s'achève ; voici venir l'heure où la cigarette est permise et où la conversation prend son vol. Il y a deux philosophes dans cette composition : une jeune fille qui, assise à l'écart, ne se mêle à la fête que pour en étudier le spectacle, et un chien, prodigieusement affairé, qui promène sur une assiette le bout de sa langue enthousiaste et rose. L'effet que l'artiste a voulu rendre, c'est l'invasion du jour qui pénètre largement par un vitrage, tombe d'en haut sur les figures et sur les choses, et va, en s'adoucissant un peu, mettre de la lumière partout.

Une pareille œuvre n'était pas facile : Mlle Abbema n'y a réussi qu'à moitié ; elle a presque mis de l'outrance dans ses clairs, et, bien que son tableau présente des parties d'une exécution très hardie et très virile, il demeure incomplet, parce qu'il lui manque la grande unité enveloppante. Véronèse, qui, lui aussi, sert à boire et à manger, fait déjeuner ses convives dans des milieux plus tranquilles. Mlle Abbema aurait peut-être intérêt à discipliner son exacte recherche du ton local. La modération ne va pas mal à son talent, et elle le prouve dans le portrait de Mme D... Ici, l'œuvre est délicate et réussie. Mettant à profit le conseil de Thomas Laurence, Mlle Abbema est parvenue à peindre non seulement des yeux, mais un regard.

S'il fallait fournir une nouvelle preuve des qualités du *Déjeuner dans la serre,* nous la trouverions dans le bruit qui se fit autour de lui. Être discuté, n'est-ce pas, pour un artiste, chose cent fois préférable à l'éloge banal qu'on lui jette trop souvent, comme une sorte d'aumône, au bas d'un article, pour ne pas l'attrister? N'est-ce pas la reconnaissance du talent, d'autant plus précieuse et vraie qu'elle est moins directe? On y cherche, en effet, la part du bien et du mal, du mal surtout, sur lequel on insiste volontairement dans l'intérêt du peintre. Dans ce cas, et quelque louable que soit le motif qui fait agir, il faut éviter de tomber dans l'excès et de s'écrier, avec certain journaliste que nous pourrions citer : « Ne regardez pas le tableau de Mlle Abbema!» Une telle phrase pourrait être désobligeante, même quand elle aurait pour résultat, — comme cela eut lieu, en dépit peut-être de son auteur, — de faire arrêter devant la toile tous les badauds désireux de savoir pourquoi il fallait ne pas la regarder.

Nous avons assisté jusqu'ici à des essais qui, n'étant plus des tâtonnements, ne sont pas encore l'œuvre d'un peintre en pleine possession de soi-même. L'année 1878 va nous apporter le témoignage de progrès considérables, et le messager de cette bonne nouvelle sera la gracieuse Renée de P... J... dans *Lilas blanc*. Ce tableau, comme le fait justement observer M. Eug. Véron dans *l'Art,* « laisse dans le souvenir une note d'une gaieté charmante ; mais ce n'est pas là ce dont il faut surtout féliciter la jeune artiste : elle a de tout temps été remarquée pour la finesse et le charme de sa tonalité ; mais on pouvait, jusqu'à ce jour, reprocher à ses figures de manquer de relief. Elle voulait absolument modeler dans la lumière, et cette ambition lui réussissait mal ; elle n'y a pas renoncé pour cela, et elle a eu raison : la persévérance de son effort a été récompensée. Son visage de jeune fille, tout éclairé qu'il est, est véritablement modelé, et il s'en faut de bien peu qu'on n'ait plus rien à lui demander. C'est un succès dont seront heureux tous ceux qui s'intéressent à son talent, et qui pouvaient craindre qu'elle ne parvînt pas à triompher de cette difficulté. Il faut avouer cependant qu'on sent trop sur la peau la poudre de riz et qu'il y a au cou des tons jaunes peu agréables ». Enfin, cette année, le succès sera encore plus net et plus incontestable. L'excellent *Portrait de Mme du F...*, très beau, mais un peu froid, contraste singulièrement avec celui de *Mlle Jeanne Samary*. Il est impossible de mieux réunir les mêmes qualités dans deux œuvres aussi dissemblables, et de conserver à celles-ci, dans leur différence, ce je ne sais quoi qui est la marque et comme la véritable signature de l'artiste.

Après avoir rendu, — trop sommairement, — au premier de ces portraits la justice qu'il mérite, nous arrivons en hâte à celui de la spirituelle sociétaire de la Comédie française. Vêtue d'une robe grise fort simple, sur laquelle brillent quelques ornements d'acier et que relève un énorme nœud de cravate violet, Mlle Jeanne Samary se détache sur un fond vert (toujours le vert Abbema!). Sa figure fine et malicieuse, modelée en pleine lumière, est très agréable à voir. Rien d'aimable et de gai comme ces tons chauds et joyeux, rien qui exprime mieux la physionomie éveillée et remuante du modèle. La ressemblance est frappante. Les mains, élégantes et mignonnes, fort bien traitées et parfaitement rendues, méritent aussi les suffrages des amateurs [1].

On comprend facilement, — bien qu'aucun effort apparent ne permette de le dire, — qu'il

---

1. Depuis que ces lignes sont écrites, Mlle Abbema a obtenu un grand et légitime succès au Salon avec ces deux portraits, et, à *la Vie moderne,* qui vient d'exposer quarante de ses toiles, parmi lesquelles nous avons remarqué des portraits d'une parfaite ressemblance, des fleurs, des natures mortes et des paysages qui nous montrent dans tout leur jour le talent de l'artiste, les progrès rapides, étonnants même, qu'elle a faits en quelques années.

a fallu une longue étude pour arriver à ce résultat. Ici encore l'amitié est venue en aide au talent.

Mlle Abbema, — que nous avons vue peintre énergique, aquarelliste pittoresque, — a encore d'autres qualités : elle manie le burin et l'ébauchoir.

Ses dessins à la plume et au pinceau sont d'une rare vigueur, d'une exactitude parfaite. C'est ce dont les lecteurs s'apercevront facilement en regardant les ornements placés en tête et à la fin de cette notice, et surtout son portrait, qui offre cette singulière particularité et cet intérêt d'être dessiné par elle-même, d'après le buste de sa grande amie Mlle Sarah Bernhardt.

La terre glaise n'est pas moins bien accueillie rue Laffitte qu'avenue de Villiers, et Mlle Abbema, qui réussit dans tous les genres qu'elle essaye, a fait en 1875 un charmant médaillon qui a figuré avec succès au Salon de 1878. C'est... parbleu ! c'est le portrait de Mlle Sarah Bernhardt ! Un crayon de l'artiste, — et de ses meilleurs, — reproduit fidèlement par la photogravure, nous donne une idée très exacte de cette œuvre, à tous égards digne d'attention.

Mlle Louise Abbema a fait aussi des eaux-fortes lumineuses et vives, mais en petit nombre et d'un tirage restreint ; elles sont la joie des amateurs dont elles enrichissent les collections.

Telle est, — rapidement indiquée, — l'œuvre déjà importante d'un peintre à qui s'appliquent mieux qu'à tout autre les vers célèbres de Virgile et de Corneille.

Amiens, ce 15 avril 1879.

PEINTRES ET SCULPTEURS

Sous ce titre doit paraître une série de notices consacrées à quelques peintres et sculpteurs contemporains, et ornées de dessins originaux de ces artistes.

Elles sont tirées à 5oo exemplaires sur papier vélin, plus 35 sur papier de Hollande et 15 sur papier Whatman.

Nous ne pouvons fixer à l'avance et d'une façon définitive ni le nombre de ces notices, ni les noms des artistes auxquels elles seront consacrées.

Le titre de la publication sera donné avec la dernière livraison.

PRIX DE LA LIVRAISON

Sur papier vélin. . . . . 2 fr.
Sur papier de Hollande. . . . . . . 3 fr.
Sur papier Whatman. . . . . 4 fr.

Juin 1879.   6707 — Imp. Jouaust.